Le Cid

FichesdeLecture.com

Le Cid
(Fiche de lecture)

I. INTRODUCTION

Tragi-comédie en cinq actes et en vers, le *Cid* est écrit par Pierre Corneille (1606-1684) et représenté au théâtre du Marais vers le début du mois de janvier 1637. C'est la seconde tragi-comédie de l'auteur, et sa neuvième pièce tous genres confondus. Elle connaît un succès fulgurant, malgré la querelle déclenchée par les partisans des règles classiques du théâtre. Corneille a modifié son texte si profondément dans certaines éditions qu'on a pu évoquer « deux Cid ».

II. RÉSUMÉ DE LA PIÈCE

Acte I

L'intrigue s'ouvre dans la ville de Séville, à l'époque de la Reconquête. Chimène se réjouit, car elle vient d'apprendre de sa confidente Elvire que son père, Comte de Gormas, est favorable à son union avec le Rodrigue, fils du vieux don Diègue. De son côté, l'Infante Dona Urraque avoue à Léonor, sa gouvernante, qu'elle éprouve des sentiments passionnés pour le jeune homme. Elle a en fait organisé l'union de Chimène et de ce dernier afin de ne plus être détournée de son devoir.

Mais le Comte Don Gomès, père de Chimène, vient de se voir préférer Don Diègue pour le poste de gouverneur du Prince (le fils du roi Don Fernand). Il soufflette alors son rival ; Don Diègue trop âgé pour se défendre s'en va trouver son fils Rodrigue pour qu'il assure sa vengeance. Une fois seul, Rodrigue se lamente sur ce coup du destin qui le pousse à choisir entre son honneur et l'amour. Mais il se décide à venger son père.

Acte II

Ne tenant pas compte des pressions royales, le comte refuse de s'excuser. Rodrigue trouve l'offenseur de son père et lui demande réparation, le convaincant alors de se battre avec lui. Chimène, en visite chez l'Infante, craint à la fois que Rodrigue ne soit tué par son père, ou qu'au contraire son père meure de la main de celui qu'elle aime. L'Infante la rassure, lui promettant d'empêcher le duel. Elle propose de faire emprisonner Rodrigue pour éviter ce combat. Mais il est trop tard, car on annonce que le comte et Rodrigue se sont éloignés ensemble. Cela réveille l'espoir et la passion de l'Infante envers Rodrigue. En effet, Chimène et Rodrigue ne peuvent qu'être séparés par l'issue du combat. De plus, si Rodrigue venait à être le vainqueur du Comte, il atteindrait une gloire telle qu'elle pourrait l'épouser. Pendant ce temps, le Roi est informé de l'impudence de Don Gomès, et veut donc le punir. Mais il s'inquiète aussi de l'approche des Maures au large des côtes. Paraît un messager, qui l'informe que le Comte a été tué par Rodrigue ; Chimène vient demander au souverain la tête de son amant.

Acte III

Don Sanche, qui est amoureux d'elle, lui propose de la venger, mais elle préfère s'en remettre à l'arrêt du Roi. Rodrigue se présente chez Chimène de nuit, après le duel, pour s'offrir en victime. Elvire lui déconseille la rencontre et lui ordonne de se dissimuler. Chimène surgit et déplore la mort de son père et de sa propre incapacité à détester Rodrigue pour son geste. Elle est déchirée entre l'honneur qui la pousse à la vengeance, et l'amour qui l'incite au pardon. Rodrigue se dévoile et s'offre à la vengeance. Mais Chimène ne peut le tuer et lui déclare ceci : « Va, je ne te hais point ».

Pendant ce temps, Don Diègue incite son fils à partir combattre les Maures.

Acte IV

Rodrigue est devenu un héros, le « Cid », grâce à son éclatante victoire. Il raconte ses exploits lors de la bataille contre les Maures, ce qui décuple les sentiments amoureux de l'Infante à son égard. Celle-ci conseille alors à Chimène d'abandonner sa quête de vengeance. En vain, elle n'y renonce pas.

Le Roi, lui, reçoit Rodrigue en héros, et déclare qu'il sera désormais sourd aux plaintes de la jeune femme. Lorsque celle-ci paraît pour lui demander justice, le Roi fait sortir Rodrigue et laisse entendre à Chimène qu'il est mort. La jeune femme pâlit, mais persiste dans sa demande de vengeance, bien que Don Fernand ait compris que son amour est intact. Il finit par accepter qu'elle désigne un champion pour se battre contre Rodrigue et la venger ; de plus, elle accordera sa main à cet homme. Don Sanche, son soupirant, s'avance et se propose.

Acte V

Rodrigue veut mourir sans pour autant combattre ; il vient donc faire ses adieux à Chimène. Mais elle lui rappelle, troublée, que son honneur doit le pousser à se défendre ; de plus, elle l'invite à gagner pour lui éviter un mariage malheureux, car elle ne souhaite pas épouser Don Sanche. Cela redonne sa confiance et sa foi à Rodrigue. De son côté, l'infante comprend que rien ne séparera Chimène et Rodrigue, alors que désormais ce dernier pourrait être son époux. Léonor achève cependant son espoir : quoi qu'il se passe, l'Infante n'aura pas Rodrigue, car soit il mourra dans le combat, soit il épousera Chimène. Quant à Chimène, elle est aussi déchirée entre la possibilité d'épouser l'assassin de l'homme qu'elle aime ou celle d'épouser l'assassin de son père.

Don Sanche se présente à elle muni d'une épée ensanglantée. Sans le laisser parler, elle avoue son amour pour Rodrigue, qu'elle croit mort. Mais Don Sanche a en fait été vaincu. Le Roi, qui cherche la conciliation, ordonne à la jeune femme d'épouser Rodrigue. Il lui donne du temps pour son deuil, cependant. Chimène conteste sa décision, mais le Roi incite Rodrigue à ne pas perdre confiance, et à poursuivre les Maures jusque chez eux.

III. PRÉSENTATION DES PROTAGONISTES

(Don) Rodrigue

L'amant de Chimène est le fils de Don Diègue. Il décroche le surnom du « Cid » suite à ses exploits lors de la guerre contre les Maures.

Rodrigue a tendance à raisonner en termes de mort et d'exclusion. Par exemple, pour lui, avoir tué le comte implique que Chimène ne voudra plus l'épouser, ou même l'aimer. Ou encore, il n'a de cesse de recourir à la mort : il s'offre à la vengeance de Chimène, il s'expose aux Maures, puis prévoit de se suicider indirectement en refusant le combat avec Don Sanche. En fait, son calcul est simple : il préfère « son honneur à Chimène, et Chimène à sa vie », ce qui le pousse à considérer sa mort comme un « sacrifice » à la femme qu'il aime. Cependant, on peut remarquer qu'il perd rarement espoir.

Chimène

Elle est la fille de Don Gomès, la maîtresse de Don Sanche, mais aussi de Rodrigue dont elle est l'amante. Malgré ses pleurs, elle est loin d'être un personnage faible. Elle a le sens du devoir, mais s'en tient à la décision royale. D'une certaine manière, elle se sacrifie en fait, plutôt que de viser son amant.

Don Diègue de Bivar

Il est le père de Rodrigue, trop âgé pour réaliser sa propre vengeance après l'affront de Don Gomès.

Don Gomès, Comte de Gormas

Il est le père de Chimène qui, jaloux de son rival Don Diègue qui a obtenu le poste qu'il convoitait, le provoque.

Dona Urraque ou l'Infante

Infante de la ville de Castille, elle est amoureuse de Rodrigue. Mais de peur de se détourner de son devoir, elle garde cet amour secret et fait tout, au début de la pièce tout du moins, pour réunir Chimène et Rodrigue afin de s'en détourner. Mais malgré cet acte apparent d'héroïsme, on voit qu'elle change de comportement lorsque Rodrigue atteint un rang tel qu'elle pourrait l'épouser. Il s'agit donc plus d'un discours de l'héroïsme que d'une véritable qualité. Mais son amour et son désespoir douloureux en font malgré tout un personnage à part.

Léonor est sa gouvernante.

Don Fernand est le Roi de Castille.

Don Sanche est le soupirant principal de Chimène.

Elvire est la gouvernante de Chimène. Contrairement à Léonor, elle incite sa maîtresse à être moins rigoureuse dans sa fidélité à son devoir.

Don Alonse et **Don Arias** apparaissent en tant que gentilshommes de Castille.

IV. AXES D'ANALYSE DE L'ŒUVRE

Le Roi, la loi, l'État

La pièce illustre l'assomption d'une autorité renouvelée de l'État, à travers un roi qui, précisons-le, n'a pas d'âge dans la pièce. Cela permet d'accentuer l'idée de la fonction plutôt que de la personne.

Cette dimension est importante, car jusqu'ici, dans la féodalité classique, le roi n'est qu'un seigneur parmi d'autres seigneurs, disposant d'une autorité plutôt bancale et menacée par le Comte qui n'accepte pas la nomination de Don Diègue. Or, comme le Comte meurt, l'autorité du Roi se trouve renforcée. D'ailleurs, Rodrigue fait allégeance au souverain sans aucune arrière-pensée, symbole d'un renouveau de la force de l'État.

D'une manière symbolique d'ailleurs, le roi se substitue parallèlement au père de Chimène (« Ton roi te veut servir de père au lieu de lui »). Il faut interpréter cette image au sens large ; le roi devient père de Chimène, certes, mais aussi de l'ensemble de ses sujets.

De même, Don Diègue vieillissant s'efface à la fin de la pièce au profit du Roi qui s'adresse à Rodrigue et conclut : « laisse faire le temps, ta vaillance et ton roi ». Or son père est toujours présent. La pièce s'ouvrait sur le comte et se referme sur le Roi : l'État est fondé, et bien installé, la loi a remplacé la brutalité et la force. Cela se voit d'ailleurs à travers le personnage de Rodrigue, qui allait être jugé. Devenu le Cid, il est absous, car il a sauvé l'État de l'attaque des Maures.

La pièce fait donc une lecture optimiste de l'histoire politique, et affirme la nécessité d'un monarque fort et bien en place.

Les unités théâtrales

-   Concernant l'unité de lieu, Corneille a contourné la règle en organisant
    l'action dans trois lieux différents : le palais du roi, la place publique,
    la demeure de Chimène, plutôt que de se focaliser sur un lieu unique.
    Il explique cependant, dans *Examen du Cid,* que l'ensemble de la pièce se
    déroule dans la ville de Séville, au cœur du royaume de Castille. Cela lui
    permet d'affirmer qu'il « garde ainsi quelque espèce d'unité de lieu ».
-   Concernant l'unité de temps, l'intrigue se déroule bien sur 24 heures.
    Elle s'ouvre l'après-midi du premier jour, se prolonge la nuit suivante
    et s'achève le second jour. Malgré le respect de cette règle, Corneille va
    affirmer qu'elle a fragilisé la vraisemblance de son intrigue, évoquant
    même « l'incommodité de la règle ».
-   Quant à l'unité d'action, enfin, on remarque que la pièce s'organise
    autour de l'amour fragile entre Chimène et Rodrigue. La « tragédie de
    l'Infante » n'est en fait qu'une intrigue secondaire. Corneille reprendra
    les propos d'Aristote pour juger ce schéma : « Aristote blâme fort les
    épisodes détachés et dit que les mauvais poètes en font par ignorance
    et les bons en faveur des comédiens pour leur donner de l'emploi. »

Une tragi-comédie

Malgré les révisions de la pièce par Corneille au fil des éditions, la pièce
reste une tragi-comédie. En effet, la plupart des situations et des personnages
sont conformes à ce genre. Par exemple, l'accord initial des familles sur la
question des noces de Rodrigue et Chimène est un élément traditionnel.

Cependant, Corneille a innové sur plusieurs points : il travaille à partir de stéréotypes et introduit des éléments correspondant à sa propre
vision de la tragédie. Le rythme de la pièce, la force de ses vers et des
maximes sont venus renforcer l'intériorisation des obstacles, qui est un
trait fondamental du *Cid.* En cela, la pièce a marqué l'esthétique théâtrale
dans son ensemble, malgré les attaques auxquelles elle a été confrontée.
On peut citer, au rang des éléments d'intériorisation, le refus évident du
dramaturge de compliquer les relations entre les personnages. Cela explique
notamment que l'Infante, malgré son pouvoir et ses sentiments, ne reste
finalement qu'une voix, un « lamento » comme ont pu l'écrire certains
critiques, venant s'élever à quelques moments de la pièce.

La « Querelle du Cid »

Malgré son succès et un triomphe sans précédent avec cette pièce, Corneille fait face à de violentes attaques. Il est certes protégé par Richelieu, qui le fait même anoblir en 1637 ; mais deux dramaturges vont l'attaquer. Il s'agit de Mairet et Scudéry, qui l'accusent de ne pas respecter les règles du théâtre classique et d'attaquer par derrière la France alors en guerre contre l'Espagne. Richelieu demande un avis à l'Académie Française, qui publie *Les Sentiments de l'Académie sur la tragi-comédie du Cid,* un avis qui vise surtout le personnage de Chimène. Corneille n'accepte pas les critiques, notamment parce qu'il s'est inspiré de faits réels. À nouveau attaqué par ses adversaires, il se voit protégé par Richelieu qui demande à ces derniers de cesser leurs assauts contre Corneille et donc de mettre fin à la querelle. Le dramaturge modifie des éléments de sa pièce, notamment l'Acte I.

Voici l'avis de Boileau sur cette querelle : « *En vain contre le Cid un ministre se ligue, Tout Paris pour Chimène a les yeux de Rodrigue. L'Académie en corps a beau le censurer, Le public révolté s'obstine à l'admirer.* »

Dans la même collection en numérique

Les Misérables

Le messager d'Athènes

Candide

L'Etranger

Rhinocéros

Antigone

Le père Goriot

La Peste

Balzac et la petite tailleuse chinoise

Le Roi Arthur

L'Avare

Pierre et Jean

L'Homme qui a séduit le soleil

Alcools

L'Affaire Caïus

La gloire de mon père

L'Ordinatueur

Le médecin malgré lui

La rivière à l'envers - Tomek

Le Journal d'Anne Frank

Le monde perdu

Le royaume de Kensuké

Un Sac De Billes

Baby-sitter blues

Le fantôme de maître Guillemin

Trois contes

Kamo, l'agence Babel

Le Garçon en pyjama rayé

Les Contemplations

Escadrille 80

Inconnu à cette adresse

La controverse de Valladolid

Les Vilains petits canards

Une partie de campagne

Cahier d'un retour au pays natal

Dora Bruder

L'Enfant et la rivière

Moderato Cantabile

Alice au pays des merveilles

Le faucon déniché

Une vie

Chronique des Indiens Guayaki

Je voudrais que quelqu'un m'attende quelque part

La nuit de Valognes

Œdipe

Disparition Programmée

Education européenne

L'auberge rouge

L'Illiade

Le voyage de Monsieur Perrichon

Lucrèce Borgia

Paul et Virginie

Ursule Mirouët

Discours sur les fondements de l'inégalité

L'adversaire

La petite Fadette

La prochaine fois

Le blé en herbe

Le Mystère de la Chambre Jaune

Les Hauts des Hurlevent

Les perses

Mondo et autres histoires

Vingt mille lieues sous les mers

99 francs

Arria Marcella

Chante Luna

Emile, ou de l'éducation
Histoires extraordinaires
L'homme invisible
La bibliothécaire
La cicatrice
La croix des pauvres
La fille du capitaine
Le Crime de l'Orient-Express
Le Faucon malté
Le hussard sur le toit
Le Livre dont vous êtes la victime
Les cinq écus de Bretagne
No pasarán, le jeu
Quand j'avais cinq ans je m'ai tué
Si tu veux être mon amie
Tristan et Iseult
Une bouteille dans la mer de Gaza
Cent ans de solitude
Contes à l'envers
Contes et nouvelles en vers
Dalva
Jean de Florette
L'homme qui voulait être heureux
L'île mystérieuse
La Dame aux camélias
La petite sirène
La planète des singes
La Religieuse
1984 A l'Ouest rien de nouveau
Aliocha
Andromaque
Au bonheur des dames
Bel ami
Bérénice
Caligula
Cannibale
Carmen

Chronique d'une mort annoncée

Contes des frères Grimm

Cyrano de Bergerac

Des souris et des hommes

Deux ans de vacances

Dom Juan

Electre

En attendant Godot

Enfance

Eugénie Grandet

Fahrenheit 451

Fin de partie

Frankenstein

Gargantua

Germinal

Hamlet

Horace

Huis Clos

Jacques le fataliste

Jane Eyre

Knock

L'homme qui rit

La Bête humaine

La Cantatrice Chauve

La chartreuse de Parme

La cousine Bette

La Curée

La Farce de Maitre Pathelin

La ferme des animaux

La guerre de Troie n'aura pas lieu

La leçon

La Machine Infernale

La métamorphose

La mort du roi Tsongor

La nuit des temps

La nuit du renard

La Parure

La peau de chagrin

La Petite Fille de Monsieur Linh

La Photo qui tue

La Plage d'Ostende

La princesse de Clèves

La promesse de l'aube

La Vénus d'Ille

La vie devant soi

L'alchimiste

L'Amant

L'Ami retrouvé

L'appel de la forêt

L'assassin habite au 21

L'assommoir

L'attentat

L'attrape-coeurs

Le Bal

Le Barbier de Séville

Le Bourgeois Gentilhomme

Le Capitaine Fracasse

Le chat noir

Le chien des Baskerville

Le Cid

Le Colonel Chabert

Le Comte de Monte-Cristo

Le dernier jour d'un condamné

Le diable au corps

Le Grand Meaulnes

Le Grand Troupeau

Le Horla

Le jeu de l'amour et du hasard

Le Joueur d'échecs

Le Lion

Le liseur

Le malade imaginaire

Le Mariage de Figaro

Le meilleur des mondes

Le Monde comme il va

Le Parfum

Le Passeur

Le Petit Prince

Le pianiste

Le Prince

Le Roman de la momie

Le Roman de Renart

Le Rouge et le Noir

Le Soleil des Scortas

Le Tartuffe

Le vieux qui lisait des romans d'amour

L'Ecole des Femmes

L'Ecume Des Jours

Les Bonnes

Les Caprices de Marianne

Les cerfs-volants de Kaboul

Les contes de la Bécasse

Les dix petits nègres

Les femmes savantes

Les fourberies de Scapin

Les Justes

Les Lettres Persanes

Les liaisons dangereuses

Les Métamorphoses

Les Mouches

Les Trois mousquetaires

L'étrange cas du Dr Jekyll et de Mr Hyde

L'Ile Au Trésor

L'île des esclaves

L'illusion comique

L'Ingénu

L'Odyssée

L'Ombre du vent

Lorenzaccio

Madame Bovary

Manon Lescaut

Micromégas

Mon ami Frédéric

Mon bel oranger

Nana

Ne tirez pas sur l'oiseau moqueur

Notre-Dame de Paris

Oliver twist

On ne badine pas avec l'amour

Oscar et la dame rose

Pantagruel

Le Misanthrope

Perceval ou le conte du Graal

Phèdre

Ravage

Roméo et Juliette

Ruy Blas

Sa Majesté des Mouches

Si c'est un homme

Stupeur et tremblements

Supplément au voyage de Bougainville

Tanguy

Thérèse Desqueyroux

Thérèse Raquin

Ubu Roi

Un Barrage contre le Pacifique

Un long dimanche de fiançailles

Un secret

Vendredi ou la vie sauvage

Vipère au poing

Voyage au bout de la nuit

Voyage au centre de la terre

Yvain ou le Chevalier au lion

Zadig

À propos de la collection

La série FichesdeLecture.com offre des contenus éducatifs aux étudiants et aux professeurs tels que : des résumés, des analyses littéraires, des questionnaires et des commentaires sur la littérature moderne et classique. Nos documents sont prévus comme des compléments à la lecture des oeuvres originales et aide les étudiants à comprendre la littérature.

Fondé en 2001, notre site FichesdeLectures.com s'est développé très rapidement et propose désormais plus de 2500 documents directement téléchargeables en ligne, devenant ainsi le premier site d'analyses littéraires en ligne de langue française.

FichesdeLecture est partenaire du Ministère de l'Education du Luxembourg depuis 2009.

Plus d'informations sur www.fichesdelecture.com

ISBN: 978-2-511-02818-6

Notes :